LE CONFIDENT HEUREUX,

OPERA-COMIQUE

EN UN ACTE.

PAR M. VADÉ.

Repréſenté , pour la premiere fois , ſur le Théâtre de l'Opéra-Comique le 31 Juillet 1755.

Le prix eſt de 24 ſ. avec la Muſique.

A PARIS;

Chez DUCHESNE, Libraire, rue S. Jacques, au-deſſous de la Fontaine S. Benoît, au Temple du Goût.

M. DCC. LV.

Avec Approbation & Privilége du Roi.

ACTEURS.

Madame SIMON, Mere de Corinne.

Mlle Villiers.

CORINNE, Fille de Madame Simon. *Mlle Baptifte.*

M. PILLART. *M. Delifle.*

MIRTIL, Berger, Amant de Corinne.

M. Defchamps.

LISETTE, Amante de Lubin. *Mlle Defuperville.*

LUBIN, Payfan amoureux de Corinne. *M. Paran.*

UN NOTAIRE.

La Scene eft dans un Village.

LE CONFIDENT HEUREUX.

SCENE PREMIERE.

M^de SIMON, CORINNE.

M^de SIMON.

AIR. *Allarmez-vous je ne m'en soucie guère.*

ONSIEUR Pillart me sçachant riche Veuve,
Depuis longtems m'avoit offert sa main,
Vous le cédant, je vous donne une preuve
De ma bonté. Pourquoi cet air chagrin ?

CORINNE.

AIR. *Non je n'y puis consentir.*

Non je n'y puis consentir ,

A ij

LE CONFIDENT

Ah ! fi je vous fuis un peu chére,
Daignez ne jamais m'unir
Qu'à celui qui paroîtra me plaire,
Non, je n'y puis confentir,
De grace, écoutez-moi ma mere,
En me forçant d'obéir,
Vous m'expofez à vous trahir.

Mᵈᵉ SIMON.

AIR. *Le premier du mois de Janvier.*

C'eft pour vous un fort grand honneur
Que d'époufer un Receveur.
Ses moyens furpaffent les vôtres,

CORINNE.

L'époux qui brufque notre choix
Servoit, malgré nous quelquefois,
Accompagné de plufieurs autres.

Mᵈᵉ SIMON.

AIR. *Du Prevôt des Marchands.*

Votre fageffe eft un garant,

CORINNE.

Oui, ma fageffe en ce moment
Paroît à l'abri du naufrage ;
Mais en gênant nos goûts, hélas !
On fait d'une fille fort fage
Une femme qui ne l'eft pas.

HEUREUX.

M^{de} SIMON.

AIR. *L'Amour est de tout âge.*

Lubin vous tient sans doute au cœur ;

CORINNE.

Point du tout,

M^{de} SIMON.

A quoi bon ce trouble,
Pour moi Mirtil est mon vainqueur,
En l'avouant mon feu redouble.

CORINNE *émuë.*

Vous aimez le jeune Mirtil,
Après un aussi long veuvage,

M^{de} SIMON.

Bon ! en amour l'âge y fait-il ?
L'amour est de tout âge.

CORINNE.

AIR. *On fait ce qu'on peut.*

Lorsque votre cœur s'abandonne
A l'amour que vous ressentez
Votre rigueur, Maman, me donne
Des conseils que vous rejettez.

M^{de} SIMON.

C'est qu'une mere de famille

Peut faire en tout ſes volontés,
Et vous qui m'impatientés,
Apprenez que quand on eſt fille
  On fait ce qu'on peut,
  Et non ce qu'on veut

A i r. *Sans le ſçavoir.*

Monſieur Pillart m'attend pour cauſe
A l'accepter qu'on ſe diſpoſe
Quant à Lubin nous allons voir,
Oui, je vais défendre à ce drôle
De nourrir ainſi votre eſpoir.

Elle ſort.

SCENE II.

CORINNE *ſeule achevant l'air.*

Lubin va donc joüer ce rôle,
  Sans le ſçavoir.

A i r. *Menuet de Grandval.*

Hélas ! c'eſt Mirtil que j'adore,
Comment lui déclarer mon feu.
S'il m'aime auſſi mon cœur l'ignore,
Je deſire, & crains ſon aveu.

AIR. *L'Amour m'a fait la peinture.*

Si l'amour étoit un crime,
Paroîtroit-il si charmant,
Ah ! qu'un penchant légitime,
Qui prend conseil de l'eſtime,
A bien l'air du sentiment.

SCENE III.

CORINNE, LISETTE.

CORINNE.

AIR. *Nous sommes Précepteurs.*

Liſette vient de ce côté,
Son enjoûment la rend heureuſe,
O Dieux, que n'ai-je ſa gaïté !

LISETTE.

Hé mais, te voilà bien rêveuſe ?

CORINNE.

AIR. *C'eſt un Enfant.*

Rêveuſe ! oh tu te l'imagine,
A quoi vois-tu cela ? tu ri,

LISETTE.

Tiens, ton cœur, ma pauvre Corinne
Eſt occupé d'un Favori,

CORINNE.

Je ſuis jeune encore,
Et même j'ignore,
Le prix d'un tendre engagement ;

LISETTE.

Tu fais l'enfant. *bis.*

CORINNE.

Air. *L'Equipage.*

Tiens Liſette
L'état de fillette
Sçait trop m'arranger,
Pour vouloir le changer,
Sans myſtére
A tous on peut plaire,
Et chaque moment
Nous découvre un amant.

LISETTE.

Air. *Ton petit minois ſans défaut.*

Il eſt vrai cet amuſement
Vaut mieux que le mariage ,

Mais un Epoux doit cependant
Terminer ce badinage
Parmi tes prétendans
Dans
Ce voifinage ....

CORINNE.

Pillart ce vieux barbon,

LISETTE.

Bon !

CORINNE.

Eft mon partage.

AIR. *La queuë du chat.*

On diroit qu'il fait toujours la mouë ;
L'haleine lui manque à chaque inftant ;
S'il la reprend il enfle la jouë,
Et ne parle point qu'il ne touffe en parlant.

LISETTE.

A ta place, je l'enverrois paître,
Par ton refus, crois-moi, fais connoître
Que ce traître
Efpere être
De ton cœur en vain le maître.

CORINNE.

AIR. *De tous les Capucins.*

Maman croit que Lubin me touche,

LISETTE.

Mais tu peux lui fermer la bouche :
Apprends-lui mes droits sur son cœur,

CORINNE.

Ce qui plus encor me défole,
C'est que pour le vieux Receveur
Mirtil m'adresse la parole.

LISETTE.

AIR. *Entre l'Amour & la Raison.*

Mirtil est donc son confident,

CORINNE.

Hélas !

LISETTE.

Cet hélas est prudent,

CORINNE.

Pourquoi donc ?

Tien, c'est que tu l'aime,

Et lorſque Mirtil paroît,
Ton petit cœur déſireroit
Qu'il parlât plutôt pour lui-même.

CORINNE.

Air. *Pourvû que Colin voyez-vous.*

Ah quelle erreur !

SCENE IV.

MIRTIL, CORINNE, LISETTE.

LISETTE.

IL vient à nous,
Ah ! Monſieur l'Interpréte,
Paroiſſez donc.... qu'il a l'air doux,
La friponne rougit voyez-vous,
Quel embarras !

CORINNE.

Finiſſez Liſette,

LISETTE.

Mais, mais, qu'elle eſt diſcréte!

MIRTIL.

Air. *A la façon de Barbari.*

Votre amant s'en rapporte à moi

Pour le plus tendre hommage,

LISETTE.

D'un Berger ? est-ce là l'emploi?

MIRTIL.

Que j'aime ce message,

LISETTE.

A Paris le rôle est fort bon,
La faridondaine, la faridondon ;
Et fait un grand honneur aussi
    Beribi,
A la façon de Barbari
    Mon ami.

MIRTIL.

AIR. *Au milieu du Cours.*

Qu'importe à quel prix
Je fasse éclater mon zéle,
Pourvû qu'une belle
M'accorde un souris,
Servir la beauté
C'est obliger l'amour même.

CORINNE.

Oh ! c'est à l'extrême
Pousser la bonté,

Mais affurément
Rien n'eft plus galant
De cet empreffement,
La caufe eft affez bifarre;
Vouloir qu'en ce jour
Pour un vieillard je me déclare;
En une façon rare,
De faire fa cour,
De grace ceffez,
Un foin qui me défefpére.

MIRTIL.

Vous m'êtes plus chére
Que vous ne penfez.

CORINNE.

Expliquez ces mots.

MIRTIL.

Je craindrois de vous déplaire;

CORINNE.

C'eft fçavoir fe taire
Fort mal à propos.

AIR. *Quoi vous partez.*

Mais, dites-moi, quel efpoir vous anime;
Du Receveur pourquoi fervir les feux,

MIRTIL.

Un tendre amour conſtant & légitime
Me fait parler....

CORINNE.

C'eſt être généreux.

SCENE V.

M. PILLART, CORINNE, LISETTE, MIRTIL.

PILLART.

AIR. *Cotillon couleur de roſe.*

JE ſuis ravi de vous voir enſemble,
Rien n'eſt plus conforme à mon projet.

MIRTIL.

Oui, le même objet
Selon votre gré nous raſſemble,
De ce que j'ai fait
Vous pourrez voir un jour l'effet.

PILLART.

Oui graces à tes ſoins, mais il me ſemble

Que fon cœur n'en eft point fatisfait.
Corinne eft-il vrai que l'amour
Vous range enfin fous fon empire,
Et que d'un fincere retour ;

CORINNE.

Monfieur, je n'ai rien à vous dire.

PILLART *à Mirtil.*

Ton entretien,
Tu le vois bien,
Sur elle n'a guère eu d'empire.

MIRTIL.

Mais j'ai pourtant
Au même inftant
Parlé d'un amour conftant.

LISETTE.

Air *Des fleurettes.*

Les filles font difcrettes
Quand un tiers les furprend ;

PILLART.

Oui, mais refter muettes
Eft un point différent,
L'exciter par des fornettes
N'eft point du tout mon talent,

LISETTE.

Vous comptez mieux de l'argent
Que des fleurettes.

PILLART.

Air. *Le seul flageolet de Colin.*

N'est-ce pas que cela vaut mieux ?

LISETTE.

C'est un fort grand mérite,

PILLART.

Oui l'or quoiqu'on soit un peu vieux
Méne à la réussite,

CORINNE.

Au but un jeune cœur amoureux,
Arrive bien plus vîte.

MIRTIL.

Air. *Quand on parle de Lucifer.*

Monsieur n'a pas le front couvert
Des agrémens du bel âge,
Malgré qu'il soit dans son hyver,

PILLART.

Mirtil, laissons ce langage,

Dis-lui

Dis-lui plutôt que je suis encor vert,

CORINNE.

Oui comme un arbre sans feuillage.

PILLART.

Air. *Et j'y pris bien du plaisir.*

Que parles-tu de feuillage,

LISETTE.

Elle aime beaucoup les bois,

MIRTIL.

Et s'amuse sous l'ombrage
A faire briller sa voix.

PILLART.

De ce qu'une Bergere aime
Je sçais mal l'entretenir,
Entretiens-la pour moi-même,
J'y prendrai bien du plaisir.

Air. *Sçavez-vous bien, jeune tendron.*

Je me pique beaucoup d'aimer,
Mais comme il sçait ce que je pense,
Il va par moi te l'exprimer.
à Mirtil.
Compte sur une récompense.

18 LE CONFIDENT

MIRTIL.

Lui plaire pour vous me suffit,

PILLART.

Surtout mets-y beaucoup d'esprit,

LISETTE.

Quoi de l'esprit,
Bon, bon, l'esprit,
En amour ne sçait ce qu'il dit.

MIRTIL.

AIR. *L'autre jour étant assis.*

L'esprit ne fait qu'éblouir,
Souvent son art est de feindre,
C'est le cœur qui sçait sentir,
Et c'est le cœur qui doit peindre,
  Quand je dis tendrement
  Que Corinne m'enflamme,
Je parle simplement
Le langage de l'ame.

PILLART.

AIR. *Dormir est un tems perdu.*

Oui, voilà ce que je sens,
Bon ! elle soupire,
Tu trouves donc cet encens

Digne du feu qui m'infpire.

CORINNE.

On vous reconnoît bien là.

PILLART.

Pourfuis bientôt me voilà
Au bonheur où j'afpire.

AIR. *Ne vla-t-il pas que j'aime.*

Ecoute-le, ma chére enfant,
Il parle pour moi-même,

CORINNE.

Il me regarde feulement,
Ne vla-t-il pas que j'aime?

AIR. *C'eft ce qui vous enrhume.*

PILLART *touffant.*

Mirtil, c'eft affez
Vous me raviffez,

LISETTE.

Ah! Monfieur comme vous touffez,

PILLART.

C'eft affez ma coûtume.

Ton charmant aveu....

CORINNE.

Vous prouve mon feu,
C'eſt ce qui vous enrhume.

PILLART.

Aɪʀ. *Ah le bel oiſeau.*

Va cela ne ſera rien,
Hé puis ma joye en eſt cauſe,
Ne m'enflamme plus, car tien,
J'en mourrois....

CORINNE.

La bonne choſe,
Que vous me faites plaiſir
Sur cela je me repoſe,
Que vous me faites plaiſir
D'aimer au point d'en mourir.

PILLART.

Aɪʀ. *Des Proverbes.*

Mais, mais tu prends les choſes à la lettre,

MIRTIL.

On ne meurt point pour être trop épris,

CORINNE.

Il l'a promis & je veux lui promettre

De l'aimer beaucoup à ce prix.

PILLART.

Air. *N'oubliez pas votre houlette.*

Honorez-moi de votre haine
Ma Reine,
Car je veux vivre encor.

CORINNE.

Songez que par ce beau transport
Vous verriez finir votre peine.

PILLART.

Honorez-moi de votre haine
Ma Reine,
Car je veux vivre encor.

LISETTE.

Air. *Et voilà comme l'homme.*

Soyez soumis,

PILLART.

L'être à ce point
Par ma foi ne vous convient point,

CORINNE.

Vous n'avez point de complaisance,

LISETTE.

On aime peu quand on balance,

PILLART.

Parbleu j'ai tort affurément,

CORINNE & LISETTE.

Et voilà comme
L'homme
N'eft jamais content

PILLART.

Air. *Vous me l'avez dit.*

Qu'aujourd'hui ton cœur eft fier,

LISETTE.

Il étoit de même hier,
Demain comme en ce moment
Je vous le prédis, fouvenez-vous-en,

CORINNE.

Dans fix mois, & dans un an,
Vous en recevrez autant.

Elles fortent.

SCENE VI.

PILLART, MIRTIL.

PILLART.

Air. *Dans le fond d'une Ecurie.*

Que dis-tu de sa réponse ?

MIRTIL.

Mais je ne la conçois pas,

PILLART.

Qu'elle garde ses appas,
A pareil prix j'y renonce....

Air. *Allons donc, jouez, violons.*

Voici fort à propos sa mere....

SCENE VII.

PILLART, MIRTIL, M^{de} SIMON.

M^{de} SIMON.

Suite de l'Air.

Vous paroiſſez bien en colere,

PILLART.

Morbleu, j'ai lieu de l'être auſſi,

Me SIMON.

Expliquez-moi donc ce myſtére,

PILLART.

En deux mots cela ſe peut faire,
Vous aimez Mirtil ?

M^{le} SIMON.

Hé bien oui,

PILLART.

S'il ne veut pas vous aimer lui,
Et qu'à vos vœux il ne réponde,
Qu'en partant vous pour l'autre monde.

M^{de} SIMON.

Comment ?

PILLART.

Corinne....

M^{de} SIMON.

Achevez donc.

PILLART.

M'aime à cette condition.

M^{de} SIMON.

AIR. *Que chacun de nous se livre.*

Quoi donc ceci vous arrête,

PILLART.

A votre avis n'est-ce rien,

M^{de} SIMON.

Je vous jure sur ma tête
De former votre lien.
Joignez la sans plus attendre ;

PILLART.

A condition pourtant
Que si je suis votre gendre
Ce sera dès mon vivant.

Il sort.

SCENE VIII.

MIRTIL, M^{de} SIMON.

M SIMON.

AIR. *Mariez, mariez-moi.*

C'eſt ce butor de Lubin
Qui ſans doute nous arrête ,
Nous verrons.... Mirtil , enfin
Nous voilà donc tête-à-tête,
   Parle-moi ,
   Conte-moi ,
   Aime-moi ,
    Quoi !
Quel air ?

MIRTIL.

Le reſpect m'arrête ;

M^{de} SIMON.

Mais avec
Le reſpect
L'amour ſied bien ;

MIRTIL.

Je dois vous cacher le mien.

Mde **SIMON.**

Air. *La mort de mon cher pere.*

Ce timide langage
Prévient en ta faveur.

MIRTIL.

Madame . . . .

M^de **SIMON.**

Hé bien,

MIRTIL *à part.*

J'enrage,

Haut. Quel instant pour mon cœur !

M^de **SIMON.**

Je vois briller ta flamme
Dans ce regard touchant.

MIRTIL.

Oui, j'ai pour vous Madame
Un terrible penchant.

M^de **SIMON.**

Air. *Le joli jeu d'amour.*

Je perds tout sentiment,
Et cet aveu charmant

Me coupe en ce moment
La parole,
Oui la paſſion
M'ôte enfin l'expreſſion,
Dieux, quelle union !

MIRTIL.

Elle eſt folle.

Mde SIMON.

Mon ſilence, crois-moi,
Part de ma bonne foi,
Le plaiſir d'être à toi

MIRTIL *à part.*

Me déſole.

Mde SIMON.

AIR. *Jupin dès le matin.*

Malgré tout mon effort
Mon tendre tranſport
Se trouve le plus fort,
On ne peut
Dire comme on veut
Tout ce que l'on ſent
Dans un ſi doux inſtant.
Je me tais ſans regret,
Car en effet

L'amour le plus parfait
   Refte muet,
En pareil cas l'efprit
   Eft interdit,
Le cœur qui fe fent troubler
   Ne peut parler,
Le filence fouvent
   Eft éloquent,
J'aime donc mieux plutôt
   Ne dire mot,

     M I R T I L *impatiente.*

Son difcours finira
Quand la parole lui reviendra;

   A i r. *Nous fommes Précepteurs.*

à part. Si c'eft à force de caquet
     Qu'on prouve que l'on fçait fe taire,
Haut. Vous brûlez d'un feu bien difcret.
     Mde S I M O N.
Tu devines donc le myftére.

   A i r. *Du Ballet des Pierrots.*

Voilà comme j'aime un amant
   Dont le cœur tendre
   Sçait d'abord comprendre
Qu'on l'adore fincérement.
    M I R T I L *avec dépit.*
J'attends la fin de mon tourment.

M^{de} SIMON.

Je ne te ferai plus attendre
Par le mien je juge ton embarras,

MIRTIL *excédé.*

Tant d'amitié ne cessera donc pas,

M^{de} SIMON.

Ah, ah,
Je t'aime trop pour ça.

MIRTIL *chagrin.*

AIR. *Des Pendus.*

Non cela n'est fait que pour moi,

M^{de} SIMON.

Sans doute, & mon cœur est à toi,
Le tien, mon cher, est tout de braise,

MIRTIL *tristement.*

Oh oui, je ne me sens pas d'aise,

M^{de} SIMON.

Quel entretien, qu'il est charmant !

MIRTIL *bâillant.*

Rien pour moi n'est plus amusant.

AIR. *Tu croyois en aimant Colette.*

Si quelqu'un arrivoit ....

M^{de} SIMON.

Qu'importe,

MIRTIL.

Madame, il m'importe beaucoup,
Lubin vient ....

M^{de} SIMON.

Le Diable l'emporte!

MIRTIL.

Je l'échappe bien pour le coup.

SCENE IX.

LUBIN, MIRTIL, M^{de} SIMON.

LUBIN.

AIR. *Servantes, quittez vos paniers.*

LA fille à Madame Simon
Est morgué bien gentille,

Ses yeux friands, son air fripon
Méritent bien un bon Luron,
La fille à Madame Simon
Est morgué bien gentille.

A I R. *De Nina.*

M^de S I M O N.

Oui, mais, mon cher ami, crois-moi,
Elle n'est pas pour toi,

L U B I N.
      Quoi !
M^de S I M O N.

Je t'ai dit mon intention,
Cherche ailleurs mon garçon,

L U B I N.
      Bon !
Cherche-t-on ce qu'on a trouvé ?

M^de S I M O N.
De moi Pillart est approuvé,
Et pour finir
Je vais l'unir,

L U B I N.
Oh ! ça n's'ra pas,

M^de S I M O N.
Tu verras,
Vas.

        A I R.

AIR. *Palsangué M. le Curé.*

Sans adieu, mon cher petit cœur,
Je cours finir cette affaire,
Ensuite hymen te rendra mon vainqueur.

Elle sort.

LUBIN *à Mirtil.*

Quoi vous s'rez donc not' biaupere.

SCENE X.

LUBIN, MIRTIL.

MIRTIL.

AIR. *Ça n'se prend pas.*

Lubin aimoit Corinne aussi,

LUBIN.

Morgué nenni,
Mais chez nous tantôt sa mere
M'a dit que j'étions bien hardi
De sçavoir si fort lui plaire,
Et que j'grillois pour ses appas,
J'n'y pensois pas. *bis.*

AIR. *Par ma foi l'eau me vient à la bouche.*

Mais jarni puisque ça se rencontre
J'allons bien y penser à présent,

C

C'eſt qu'pour peu qu'une fille nous montre
Qu'elle a pour nous quelque brin de penchant,
Je n'allons jamais à l'encontre
Du plaiſir que ſon cœur y prend,
J'voyons l'but & j'approchons tout contre,
Et vla but où Carinne m'attend.

MIRTIL.

AIR. *Ton humeur eſt, Catherine.*

Vous abandonnez Liſette,

LUBIN.

Non, mais all' n'veut pas finir,
Corinne qu'eſt plus drôlette
En d'ſous main me fait prév'nir.
Tenez-moi, j'aime un' tendreſſe
Qui vadroit de point en point,
Et puis qui n'a qu'un' maîtreſſe
Comme vous ſçavez n'en a point.

AIR. *Le tout par nature.*

Par ainſi Monſieur Mirtil
Vous qu'avez un doux babil,
Si vouſ vouliez un tantet
M'faire valoir près d'Corinne.

MIRTIL.

Pourquoi cela ?

LUBIN.

C'eſt qu'elle eſt
Pour moi par trop fine.

MIRTIL.

A i r. *Les cœurs se donnent troc pour troc.*

à part. Bon ! je pourrai par ce moyen
Achever de peindre ma flamme,

LUBIN.

Fait's-moi s'plaisir.

MIRTIL.

Je le veux bien.

LUBIN.

Ah ! qu'vous avez une belle ame.

MIRTIL.

A i r. *Je ferai mon devoir.*

Vous pouvez toujours commencer,

LUBIN.

Ma foi c'est bien penser,

MIRTIL.

Je m'intéresse à son ardeur,

LUBIN.

Voyez qu'il a bon cœur.

SCENE XI.

CORINNE , MIRTIL , LUBIN.
LUBIN.

Air. *C'eſt dans la rue d'la Mortèll'rie.*

NE vla-t-il pas qu'alle vient à nous ,
Bonjóur la Brunette aux yeux doux ,
On dit comm'ça que j'ſens pour vous
Et qu'vous vous ſentez d'même . . . .
Qu'vous m'aimez . . . . & que j'vous aime.

CORINNE.

Air. *Recevez donc ce biau Bouquet.*
Qui vous a donc ſi bien inſtruit ,

LUBIN.

Madame Simon votre mere.
Jarnombille vous avez conduit
Gentiment le nœud de l'affaire ,
Ça s'appelle avoir de l'eſprit . . .
Qu'eſt ben capable . . . d'être digne ;
à Mirtil. Aidez-moi donc . . .

MIRTIL.

C'eſt fort bien dît ;

LUBIN.

Elle rit ,
C'eſt marque d'un bon ſigne.

A i r. *Que de gentilles Pélerines.*

Vous fçaurez donc que j'fuis tout d'braife,

CORINNE.

En vérité j'en fuis fort aife,

LUBIN.

Jarnigoi vous n'êtes pas gnaife,
D'être fi contente de ça,
Bâillez-moi vot' main que j'la baife,

CORINNE *lui donnant un foufflet.*

Ah ! c'eft trop jufte, la voilà.

LUBIN.

A i r. *S'y prend-on de cette façon.*

Morgué vous m'caffez le menton,
S'y prend-on de cette façon,

Moi j'viens tout bonnement aud'vant des avan-
ces que vous me faites faire, & parce que fans bar-
guigner, je vais tout de gaud au fait comme ça s'pra-
tique entre fille & garçon, vous prenez ça à l'ar-
bours.

CORINNE.

Et mon pauvre nigaud pour plaire
S'y prend-on de cette façon.

LUBIN.

Hé bien, mais comment s'y prend on.

CORINNE.

A i r. *Menuet de Grandval.*

Quand brufquement l'amour éclate,

Il s'en faut bien qu'on foit vainqueur,
C'eft une flamme délicate,
Qui feule a droit d'aller au cœur.

LUBIN.

AIR. *Que j'aime mon cher Arlequin.*

Qui moi délicat ? non morgué,
Je fuis robufte,
Monfieur Pillart vous f'roit pitié,
Car il n'eft en cas d'l'amitié
Au prix d'moi qu'un arbufte.
Moi délicat, non fatigué.

CORINNE.

La réponfe eft fort jufte.

MIRTIL.

AIR. *Aucun Pafteur.*

Mais il n'eft pas queftion de corfage,
Le fentiment pour plaire eft plus certain.

LUBIN.

Et oui, mais je n'fuis pas l'vé d'affez matin
Pour être comme vous un malicieux malin,
Aidez-moi d'vot' langage.

MIRTIL.

Soit, fi Corinne approuve ce deffein.

CORINNE.

Je ferai de bon cœur la moitié du chemin.

LUBIN.

AIR. *Par bonheur ou par malheur.*

Sarpejeu qu'm'vla content,

Ah qu'vous êtes un bon enfant,
Morguenne qu'il eft ferviable.

MIRTIL.

Je fers mes vœux en cela,

LUBIN.

Vous obligerez un bon diable,
Hé ben contez-li donc ça.

AIR. *Ah qu'elle eft belle.*

MIRTIL.

Je vous adore,
Et mon amour
Voudroit encore
Croître chaque jour.

LUBIN.

Oui par ma foi, je voudrois avoir encore plus
de pouvoir dans la volonté de mon defir, dites,
dites toujours.

MIRTIL.

Mais qui vous aime
Aime fi bien,
Que l'Amour même
N'ajouteroit rien.

LUBIN.

Comme vous devinez ça, il femble pardi qu'ma
penfée fe fourre dans fa bouche, je fournie l'étoffe
& vous la façon, qu'ça n'vous empêche pas d'alle
votre train.

MIRTIL.

Je vous adore.

B iiij

Et mon amour
Voudroit encore
Croître chaque jour.

LUBIN.

AIR. *Vive un bon Luron.*

Après s'biau dicton
F'rez-vous l'inhumaine,
Vos yeux difent que non,
Courage ma ptite Reine;
Bon,
La fariradondaine
O gué,
La fariradondé.

CORINNE.

AIR. *Me promenant dans la plaine.*
Ou bien voyez le fecond Air noté.

A l'Amour tout eft poffible,
On fe rend quand il lui plaît,
Il eft doux d'être fenfible
Pour un jeune amant qui l'eft,
Oui je penfe qu'à fe rendre
On rencontre mille appas;
Ah! s'il cherchoit à me furprendre,
Non, non, non, je n'y confentirois pas,
Mais s'il étoit fincere & tendre,
Non, non, non, non, je ne m'en défendrois pas.

LUBIN.

AIR. *Hé, Madame, qu'attendez-vous.*

Vla morgué parler comme il faut,

Ça rend mon cœur encor plus chaud,
Vla morgué parler comme il faut,
St'enfant-là ne fçait pas ce qu'all'vaut.

MIRTIL.

Peut-on lorfque l'on eft auffi belle
Craindre qu'un amant foit infidéle,
    Qui fuit une fois
    Vos charmantes loix,
    Veut employer fes jours
    A les fuivre toujours.

LUBIN.

Vla morgué parler comme il faut,
Ça rend mon cœur encor plus chaud,
Vla morgué parler comme il faut,
à Mirtil. Achevez, & je la t'nons bientôt.

MIRTIL.

    Caractére
    Fait pour plaire,
    Douce, vive
    Et naïve,
La figure, l'efprit & le cœur,
Sont ils faits pour trouver un vainqueur.

LUBIN.

Vla morgué parler comme il faut,
à Corinne. Ça doit rendr' vot' cœur bien plus chaud
Vla morgué parler comme il faut,
à part. S'garçon-là ne fçait pas ce qu'il vaut.
A I R. *Qui voit la belle Alcimadure.*

CORINNE.

Vous écouter c'eft vous promettre

Plus que je ne voudrois,
Vous regarder, c'est vous promettre
Plus que je ne devrois.

MIRTIL *se jettant aux genoux de Corinne.*

Aᴉʀ. *L'autre jour à la promenade.*

Ah ! Corinne, quelle victoire,

LUBIN.

C'est ma foi vrai, mais je n'la d'vons qu'à vous,
Ben obligé jarni queu gloire,
Mais c'est à moi de m'mettr' à g'noux.

CORINNE *à Mirtil.*

Oui, levez-vous,

LUBIN.

Ben obligé, jarni queu gloire,
Faut convenir que c'est bien doux.

SCENE XII.

Mᵈᵉ SIMON, PILLART, MIRTIL, LUBIN.

Aᴉʀ. *Le fameux Diogene.*

PILLART.

L A posture est honnête,
Va, que rien ne t'arrête,
Achéve,

LUBIN.

Bon c'eft fait.

Mde SIMON.

Parlez, Mademoifelle,

LUBIN.

J'allons parler pour elle,
Car c'eft moi qui lui plaît.

Mde SIMON.

Air. *La bonne aventure.*

Quoi vous feriez à mes droits
Une telle injure.

PILLART.

Ce qu'en cet inftant je vois
Eft d'un trifte augure.

LUBIN.

Croyez-nous, Monfieur Pillart,
Cherchez-en quelqu'autre part,
La bonne aventure

PILLART.

Pendart !

LUBIN.

La bonne aventure.

Mde SIMON.

Air. *Chacun a fon ton & fon allure.*

Cela fe peut-il,
Répondez, Mirtil.

LUBIN.

T'nez ne le faites pas répondre,
Car ça n'ferviroit qu'à vous confondre,
Il m'a fait l'plaifir de m'aïder.

M^{de} SIMON.

Qui lui ?

PILLART.

Qui lui ?

LUBIN.

Hé oui lui, il a mordombille la parole ni pus ni
moïns qu'un charme.

Corinne n'vouloit pas céder,
Mais Monfieur Mirtil a eu la bonté de ly faire un
r'doublement de douceur à l'intention d'mon égard
qui a tout de fuite s'coué le dédain de fa fierté.

M^{de} SIMON.

L'ingrat, je fais ferment de ne l'époufer de ma
vie.

PILLART.

Le traître, que j'avois choifi pour mon confident.

LUBIN.

C'eft ben plutôt l'nôtre, ne vous déplaife.

Puis all' s'eft mife à me r'garder,
Oh dame d'un regard, queu regard ! là de ces
regards qui fautont aux yeux comme qui diroit des
éclairs, oh ça vous auroit fait plaifir à voir. Corinne, regardez-moi donc comme tout-à l'heure pour
leux montrer.

M^{de} SIMON.

Levez la tête, ma mignonne & répondez, &
vous M. l'obligeant, vous ne dites mot, voilà un
fort joli trio, une désobéissante, un trompeur, un
impudent.

LUBIN.

Lurelure lure,
Flon, flon, flon,
Chacun a son ton,
Et son allure.

M^{de} SIMON.

Gigue du Ballet Chinois.

à Lubin. Sors d'ici,
à Mirtil. Et vous aussi,
Oui dès ce jour
J'éteins mon amour,
Qui dans un point nous trahit
Nous trompe en tout.

PILLART.

Sans contredit.

MIRTIL.

Ce courroux,

M^{de} SIMON.

Taisez-vous,

CORINNE.

Ah pardon !

M^{de} SIMON.

Eh fi donc !

MIRTIL.

Ecoutez...

M^{de} SIMON.

Non, fortez,

LUBIN.

Un p'tit mot,

M^{de} SIMON.

Tais-toi, fot,
Décampez, vous dit-on,

LUBIN.

Non.

Mirtil fort.

SCENE XIII,

M^{de} SIMON, PILLART, CORINNE, LUBIN.

CORINNE.

A i r. *Hélas, Maman, pardonnez je vous prie.*

HElas ! Maman, pardonnez je vous prie,
Les foins galans de ce jeune Berger.
S'il a tiffu le nouveau nœud qui nous lie,
Il ne l'a fait qu'à deffein de m'obliger,
De vous dépend le bonheur de ma vie,

M^{de} SIMON.

Non, non,

LUBIN.

Si , si , pour vous faire enrager.

PILLART.

AIR. *Ma raison s'en va beau train.*

Mon cœur , ce maraut n'a rien,

LUBIN.

Oh j'sçavons qu'avec du bien
    On a d'biaux habits ,
    On fait l'biau Marquis
Dans l'fond d'un biau caroffe ,
Mais un vieux riche qui n'a qu'ça
    Fait une pauvre nôce
        Lonla ,
    Fait une pauvre nôce.

M^{de} SIMON.

AIR. *Allons donc , Mademoifelle.*

Au logis, Mademoifelle
Qu'on fe rende promptement ,

LUBIN.

Eft- c'qu'une mere maternelle
Doit chagriner fon enfant ?
Corinne fort. Allons donc , Mademoifelle ,
Reftez avec votre amant.

SCENE XIV.

M^de SIMON, PILLART, LUBIN.

M^de SIMON.

AIR. *Je suis malade d'amour.*

à M. Pillart. MOnsieur, prêtez-moi ce bâton;

LUBIN.

Oh doucement, la mere,
Quand je s'rons votre gendre, bon.

SCENE XV.

Les précédens. LISETTE,

LISETTE.

Suite de l'Air.

MOn Dieu ; quelle colere !

M^de SIMON.

Ah ! tu viens en cette occasion
Fort à propos, ma chére ;

LISETTE *en colere.*

AIR. *Je suis Philosophe moi.*

Oh tant mieux donc, je vous trouve charmante,
Car dites-moi pourquoi   Sur

Sur lui lever une main menaçante,
LUBIN.
C'eſt bien dit, tatigoi,
LISETTE.
C'eſt m'outrager, ſoyez moins violente,
Je ſuis ſon amante, moi,
Je ſuis ſon amante.
M^de SIMON.

A I R. *Nous ſommes Précepteurs d'amour.*

Grand bien vous faſſe,
LISETTE.
Oui très-grand bien.
M^de SIMON.
Aimez, ſi vous voulez ce drille,
Mais qu'il s'en tienne à ſon lien,
Sans rompre celui de ma fille.

LISETTE.

A I R. *Du haut en bas.*

Il a raiſon,
Car Monſieur ne lui convient guéres,
LUBIN.
Elle a raiſon,
LISETTE.
Dans un ménage il faut, dit-on,
Unir les goûts, les caractéres,

D

PILLART.

Mais, mais, sont-ce là tes affaires,

LISETTE.

Il a raison.

M^de SIMON.

A i r. *Fanfare de S. Clou.*

Tout ira bien,

LISETTE & LUBIN.

Ah ! quel conte !

PILLART.

Daignez-vous les écouter ?
Sur votre pouvoir je compte.

LISETTE.

Vous sçavez fort mal compter.

PILLART.

Mal compter, quelle insolence !
Je calcule nuit & jour.

LUBIN.

L'Arithmetiqu' de Finance
N'est pas celle de l'Amour.

A i r. *Du Prevôt des Marchands.*

PILLART

Va, j'en suis sûr.

LISETTE.

Votre calcul
M'a tout l'air de devenir nul.

LUBIN.

Vous avez quatre fois fon âge,
Ça fait un vilain numero,
Ça port' malheur dans un ménage
Quand l'Amour fe change en zero.

AIR. *Tarare ponpon.*

M^de SIMON *à Lifette.*

Avec vos beaux difcours vous êtes fort aimable;

LISETTE.

Je dis ce qu'en tel cas Corinne eût dit pour moi.

LUBIN.

Vot' fille en s'roit capable.

M^de SIMON.

Ma fille . . . .
    Oh j'aimerois , ma foi ;
    Mieux la donner au Diable
        Qu'à toi.

LISETTE *étonnée.*

AIR. *Trois enfans gueux.*

Qu'à lui ! comment ! que veut dire cela ?

M^de SIMON.

Que vous brûlez d'un amour bien commode;

LISETTE.

Quoi donc , l'aimeroit-il ?

M^de SIMON.

Vous y voilà.

LISETTE furieuse.

Deux à la fois !

LUBIN *riant.*

Dam’ , c’est qu’ça m’accommode.

LISETTE.

Air. *Quoi toujours ensemble.*

Après cette injure
Parjure ,
Tu peux
Te montrer à mes yeux.!

LUBIN.

Mais , mais queu tapage !

LISETTE.

J’enrage ,
Je vais
Te haïr pour jamais.

LUBIN.

Dam’ c’est que vous balanciez toujours ,
Et le balanc’ment fait échoir les amours.

LISETTE.

Mais voyez ce traître ,
N’étois-tu pas maître
D’avoir
Du logis tout pouvoir ,
Après cette injure
Parjure ,
Je vais
Te haïr pour jamais :
Mon cœur est en garde ,

Et garde
Pour toi
Le mépris que tu voi.

LUBIN.

'Air. *N'faut pas être grand forcier pour ça.*

Puifque vous m'baillez mon congé
N'y a pas d'mal que j'vous quitte,
Vous n'm'aimez plus, bien obligé,
Je fommes quitte à quitte.
Mais de s'ptit malheur-là
Corinne me confolera,
La, la,
Oh, oh, oh, ah, ah,
Pour l'époufer j'n'attendois qu'ça,
La, la.

Quelle ingratitude !

M^{de} SIMON.

Air. *Du haut en bas.*

Il a raifon,
Car Monfieur ne lui convient guéres,
Il a raifon.

LISETTE.

'Air. *Ma mie, ah que j'envie.*

Madame,
Ma chére Dame,
Pardonnez mon erreur.

M^{de} SIMON.

Va, je ne fuis point femme
A fervir fon ardeur.

D iij

SCENE XVI.

M^{de} SIMON , PILLART , LISETTE.

PILLART.

AIR. *Allons la voir à S. Cloud.*

CEt impertiment Lubin
De l'hymen m'ôte l'envie,

M^{de} SIMON.

De punir un tel coquin
Que j'aurois l'ame ravie,

LISETTE.

Cela vous embaraffe-t-il ?
Tenez, Monfieur, chargez Mirtil
D'être époux de Corinne.

PILLART.

Je le voudrois,

M^{de} SIMON.

Qu'elle eft fine !

AIR. *Du Prevôt des Marchands.*
Il m'aimoit . . . .

PILLART.

Vous ? il n'en eft rien,
Son amour fous ombre du mien

Séduisoit la petite ingrate,
Oui, je vois clair dans tout ce jeu.

LISETTE.

Il se servoit de votre patte
Pour tirer les marons du feu.

PILLART.

Air. *Bouchez, Naïades.*

Que faire ?

M^{de} SIMON.

Le dépit m'occupe.

PILLART.

Si nous avons été sa dupe
Lubin l'aura sans doute été.

M^{de} SIMON.

Mirtil...

PILLART.

Quel courroux est le vôtre !
S'il nous offense d'un côté,
Du moins il nous venge de l'autre.

M^{de} SIMON.

Air. *Non, je ne ferai pas.*

Ce tranquille discours augmente ma colere,
Oh ! je ferai bien voir qu'enfin je suis sa mere,
De tout auparavant je prétends m'éclaircir,
Elle vient, cachons-nous, écoutons à loisir.

SCENE XVII.

CORINNE *seule.*

Air. *Tel qu'un petit oiseau.*

Loin de l'objet aimé
Un cœur est allarmé,
Tout ce qui n'est pas lui
Ne nous peint que l'ennnui,
On cherche, on tremble, on craint,
On rêve, on se plaint,
On desire,
On soupire,
Quel martyre :
Amour, combien tu fais
Payer tes bienfaits.

Même Air.
Toujours, mon cher Mirtil,
Ton feu tendre & subtil
Fait glisser sur mes sens
Celui que je ressens,
Oui, lorsque je le voi,
Tout s'anime en moi,
Sa jeunesse,
Sa tendresse,
Ma foiblesse,
Tout est en sa faveur
L'écho de mon cœur.

SCENE XVIII.
MIRTIL, CORINNE.
MIRTIL.

AIR. *Pour foumetire mon ame.*

AH, ma chére Corinne !
Quels accens ai-je entendus !
CORINNE.

Oui, mon cœur te deftine
Des foupirs qui te font dûs,
MIRTIL.

Si mon bonheur eft extrême,
Hélas ! je te le dois.
CORINNE.

Tien,
Aime-moi comme je t'aime,
Et tu ne me devras rien.

AIR. *Nous jouiffons dans nos Hameaux.*

Tu vois par cet aveu touchant
Que ta flamme m'eft chére,
Faut-il qu'un fi jufte penchant
Bleffe une tendre mere ;
Tous deux objets de mon amour
Je l'aime & je t'adore,
C'eft d'elle que je tiens le jour,
Sois-en toujours l'aurore.

AIR. *L'Amant frivole & volage.*

Inſtruiſons-la du myſtére ,
Je lui dois tout , & mon cœur
Craint autant de lui déplaire
Que de perdre ton ardeur.

MIRTIL.

Par ces ſentimens tu prouve
Combien je dois l'admirer :
Mais ſi l'on nous déſapprouve,

CORINNE.

Il faudra nous ſéparer.

SCENE XIX.

Les précédens. MIRTIL , M^de SIMON ,
PILLART , LISETTE.

M^de SIMON *s'avançant d'un air pénétré.*

AIR. *Ah ! Madame Anroux.*

NOn , mes pauvres enfans ,
Non , mes pauvres enfans ,
Vous m'avez percé l'ame
Par des traits ſi puiſſans.

CORINNE.	MIRTIL.
Ah ! chére maman ,	Oh Dieux ! quel moment,
Quel arrêt charmant ,	Quel arrêt charmant ,
Pour ma tendre flamme !	Pour ma tendre flamme !

CORINNE.	MIRTIL.
Hélas ! cher amant,	Objet trop charmant,
Pour ma tendre flamme	Pour ma tendre flamme
Quel heureux moment !	Quel heureux moment !

PILLART.

A I R. *Une nuit ronflant à merveille.*

Mais, mais de ce trait admirable,
Qui diable vous eût cru capable ?

M^{de} SIMON.

Oh je suis capable entre nous
De faire plus.

PILLART.
Quoi plus ?

M^{de} SIMON.
Sans doute.

PILLART.

Pourtant cet effort-ci vous coûte,
Plus ?

M^{de} SIMON.
Oui plus.

PILLART.
Comment ferez-vous ?

M^{de} SIMON.
C'est de vous prendre pour époux.

PILLART.
Grand'merci de la politesse,
Vous m'avez gagné de vîtesse.

SCENE XX.

Les précédens. LUBIN, *un* NOTAIRE.

LUBIN.

Air Noté.

Un bon gaillard joyeux
Vaut bien mieux
Que tous ces p'tits Monſieux,
Qui n'parlent qu'des yeux,
Leurs ſoupirs, leurs langueurs,
Leurs douceurs,
S'uſent, avant d'parvenir au cœur,
Mais preſte
Un vivant leſte,
Paroît, zeſte,
Et ſçait charmer que d'reſte
Un Muguet préparé
Et paré,
N'plaît pas tant qu'un Grivois bien quarré;
Dam' ma maîtreſſe auſſi
M'a choiſi,
All' m'aim' mieux que d'l'argent,
C'eſt bien obligeant,
Car avec de l'or, dit-on, chaque jour,
Bien des gens achetent d'l'amour.

Air. *De tous les Capucins du monde.*

Vla Monſieux l'marieux que j'amene,

LE NOTAIRE.

Eſt-on d'accord ?

LUBIN.

Qu'à ça ne tienne,
Corinne & moi j'sommes épris,
J'pouvons bien nous passer d'la mere,
Beaucoup de d'moisell' à Paris
Se passent même de Notaire.

Mde SIMON.

AIR. *L'autre jour avec mon habit de Pierrot.*
Je l'veux bien,

LUBIN.

J'sçavois bien que j'trouv'rois l'moyen;

Mde SIMON.

Je ne m'oppose plus à rien;

PILLART.

Fanchon d'elle seule dépend;

LUBIN.

En vous r'merciant,
Enfin pourtant
Me vla content
Que je danserons,
Que je rirons,
Par lad'ssus queu plaisir j'aurons!

LE NOTAIRE.

AIR. *Non, je ne ferai pas.*
Exprès pour les deux noms j'ai laissé double espace

Mde SIMON, *montrant Corinne.*
Mettez d'abord le sien.

LUBIN.

C'est pour moi l'autre place.

CORINNE.
Oui, mon sensible cœur en présence de tous

Prend Lubin pour témoin , & Mirtil pour époux.

AIR. *Comm' vla qu'eſt fait.*

LUBIN.

Allons donc, c'eſt qu'vous voulez rire ,

LISETTE.

Non, mon ami , c'eſt tout de bon.
Moi , dam' , moi je ne ſçai plus qu'dire ,
Monſieur Mirtil , queu trahiſon !
Liſette. ...

LISETTE.
Hé bien. ...
LUBIN.
Pourtant j'eſpère :
LISETTE.

Oh ! rien n'eſt plus juſte en effet ,
Qui court deux liévres , n'en prend guère.
LUBIN.
Pour le coup me vla ſtupéfait ,
TOUS.
C'eſt fort bien fait.   *bis.*
LUBIN.

Ça s'appelle apporter des verges pour ſe fouetter;
mais morguenne, j'm'envas r'envoyer les Mnétriers,
vous danſrais à vos dépens.

PILLART.

AIR. *Bouchez , Naïades , vos fontaines.*

Son inconſtance eſt bien punie ,
Mes enfans , que la ſympathie
A jamais ſoutienne vos feux.

PILLART.

Tien, ma chére Corinne, pour te prouver combien j't'aimois;
    Que de mes biens il uſe en maître,

CORINNE.

    Rendre ce que l'on aime heureux,
    C'eſt du moins mériter de l'être.

FIN.

APPROBATION.

J'Ai lû par ordre de Monſeigneur le Chancelier *le Confi-*
dent heureux, & je crois que l'on peut en permettre
l'impreſſion ce 29. Juillet 1755. CREBILLON.

PRIVILEGE DU ROY.

LOUIS, par la grace de Dieu, Roi de France & de Navarre:
A nos amés & féaux Conſeillers, les Gens tenans nos Cours de
Parlement, Maîtres des Requêtes ordinaires de notre Hôtel, Grand-
Conſeil, Prévôt de Paris, Baillifs, Sénéchaux, leurs Lieutenans Ci-
vils, & autres nos Juſticiers qu'il appartiendra, Salut: Notre amé
NICOLAS BONAVENTURE DUCHESNE, Libraire à Paris, Nous a fait
expoſer qu'il déſireroit faire imprimer & réimprimer des Ouvrages
qui ont pour titre : *Traité de la Diction par M. Eſtève, Oeuvres*
de M. Vadé. Supplément des Oeuvres de M. de Boiſſy. Imitation
de Jeſus-Chriſt par M. l'Abbé Lenglet. Entretiens ſur les Romans.
Médecine Expérimentale. s'il Nous plaiſoit lui accorder nos Lettres
de Privilége pour ce néceſſaires. A CES CAUSES voulant favorable-
ment traiter l'Expoſant, Nous lui avons permis & permettons par ces
Préſentes de faire imprimer & réimprimer leſdits Livres & Ouvrages
autant de fois que bon lui ſemblera, & de les vendre, faire vendre
& débiter partout notre Royaume pendant le tems de ſix années con-
ſécutives, à compter du jour de la date des Préſentes. Faiſons défen-
ſes à tous Imprimeurs, Libraires & autres perſonnes de quelque
qualité & condition qu'elles ſoient, d'en introduire d'impreſſion
étrangere dans aucun lieu de notre obéiſſance, comme auſſi d'imprimer ou faire imprimer, réimprimer ou faire réimprimer, vendre, faire

vendre, débiter ni contrefaire lesdits Ouvrages, ni d'en faire aucuns
extraits fous quelque prétexte que ce puisse être, fans la permission
expresse & par écrit dudit Expofant ou de ceux qui auront droit de
lui, à peine de confifcation des Exemplaires contrefaits, de trois mille
livres d'amende contre chacun des contrevenans, dont un tiers à Nous,
un tiers à l'Hôtel-Dieu de Paris, & l'autre tiers audit Expofant, ou à
celui qui aura droit de lui, & de tous dépens, dommages & intérêts; à
la charge que ces Préfentes feront enregiftrees tout au long fur le
Regiftre de la Communauté des Imprimeurs & Libraires de Paris,
dans trois mois de la datte d'icelles; que l'impreffion & réimpreffion
defdits Livres & Ouvrages fera faite dans notre Royaume, & non
ailleurs, en bon papier & beaux caractères, conformément à la feuille
imprimée, attachée pour modéle fous le contre-fcel des Préfentes;
que l'Impétrant fe conformera en tout aux Réglemens de la Librairie,
& notamment à celui du 10 Avril 1725. & qu'avant de les expofer
en vente, les Manufcrits & imprimés qui auront fervi de copie à l'impreffion & réimpreffion defdits Livres & Ouvrages, feront remis dans
le même état où l'Approbation y aura été donnée, ès mains de notre
très-cher & féal Chevalier Chancelier de France le Sieur de LAMOI-
GNON, & qu'il en fera enfuite remis deux Exemplaires de chacun
dans notre Bibliothèque publique, un dans celle de notre Château du
Louvre, un dans celle de notredit très-cher & féal Chevalier Chancelier de France le Sieur de LAMOIGNON, & un dans celle de notre
très-cher & féal Chevalier Garde des Sceaux de France le Sieur de
MACHAULT, Commandeur de nos Ordres; le tout à peine de nul-
lité des Préfentes: du contenu defquelles vous mandons & enjoi-
gnons de faire jouir ledit Expofant & fes ayans caufe, pleinement
& paifiblement, fans fouffrir qu'il leur foit fait aucun trouble ou
empêchement. Voulons que la copie des Préfentes qui fera imprimée
tout au long au commencement ou à la fin defdits Livres & Ouvrages, foit tenue pour duement fignifiée & qu'aux copies collationnées
par l'un de nos amés & féaux Confeillers Sécrétaires foi foit ajoûtée
comme à l'original. Commandons au premier notre Huiffier ou Ser-
gent fur ce requis, de faire pour l'exécution d'icelles tous actes requis & néceffaires, fans demander autre permiffion, & nonobftant
clameur de Haro, Charte Normande, & Lettres à ce contraires:
Car tel eft notre plaifir. DONNE' à Arnouville, le ving-deuxiéme
jour du mois d'Avril l'an de grace mil fept cens cinquante-cinq,
& de notre Regne le quarantiéme. Par le Roi en fon Confeil.

PERRIN.

*Regiftré fur le Regiftre XIII. de la Chambre Royale des Li-
braires & Imprimeurs de Paris, N°. 512. fol. 399. conformément
aux anciens Réglemens; confirmés par celui du 28 Février 1723.
A Paris le 25 Avril 1755.* DIDOT, Syndic.

De l'Imprimerie de SEBASTIEN JORRY.

Airs choisis
du Confident Heureux.
Opera Comique
Qu'importe à quel prix je fasse briller ma
flamme, pourvu qu'une belle m'accorde un sou-
-ris, servir la beauté c'est obliger l'Amour mesme,
Oh! c'est à l'éxtreme pousser la bonté mais assuré
-ment rien n'est plus galant de cet empresse
ment la cause est assés bisarre vouloir qu'en ce
jour pour un vieillard je me déclare est une façon
rare de faire sa Cour, de grace cessés un soin
qui me desespere vous m'etes plus chere que vous

ne pensés expliquer ces mots je craindrois de vous dé
plaire c'est sçavoir se taire fort mal à propos
2 A l'Amour tout est possible on se rend quand
Il lui plait il est doux d'être sensible pour un
jeune Amant qu'il est ouy je pense qu'a se
rendre on rencontre mille appas Ah! S'il
cherchoit a me surprendre non, non non je
n'y consentirois pas mais s'il etoit sincere et ten
dre non, non, non, non je ne m'en deffendrois pas
3 Loin de l'objet aimé un coeur est al lar=

=mé tout ce qui n'est pas lui ne nous peint
que l'ennuy on cherche on tremble on
craint on reve on se plaint on cherche on
tremble, on craint, on rêve, on se plaint,
on désire, on soupire, quel martire a=
=mour combien tu fais payer tes bien
=faits Amour combien tu fais pay=
=er tes bien faits
Un bon Gaillard joyeux vaut bien
mieux qu tous ces ptits monsieurs qui n'par-

l'ont qu'des yeux leur soupir, leur dou -
- cœur leur langueur suze avant qued'parve-
- nir au cœur. mais peste un vivant leste
paroit zeste et sçait charmer qu'd'reste un
muguet preparé et pare n'plait pas tant qu'un
grivois bien carré Dam'ma maitresse aus-
-si m'a choisi al'm'aime mieux que d'l'ar=
=gent c'est bien obligeant car avec d'l'or dit=
=on chaque jour bien des gens a =
=chetent d'l'amour